누가 이걸 짐승의
사랑이라 말할 수 있는가

누가 이걸 짐승의 사랑이라 말할 수 있는가

초 판 1쇄 2026년 03월 16일

지은이 유비자
펴낸이 류종렬

펴낸곳 미다스북스
본부장 임종익
편집장 이다경, 김가영
디자인 임인영, 윤가희, 윤영빈
책임진행 송가희, 이예나, 안채원, 김은진, 국소리. 이지영

등록 2001년 3월 21일 제2001-000040호
주소 서울시 마포구 양화로 133 서교타워 711호, 808호
전화 02) 322-7802~3
팩스 02) 6007-1845
블로그 http://blog.naver.com/midasbooks
전자주소 midasbooks@hanmail.net
페이스북 https://www.facebook.com/midasbooks425
인스타그램 https://www.instagram.com/midasbooks

© 유비자, 미다스북스 2026, *Printed in Korea*.

ISBN 979-11-7355-745-3 03810

값 **18,500원**

누가 이걸
짐승의 사랑이라
말할 수 있는가

유비자 산문 시집

미다스북스

시인의 말

여기에 모여있는 시들은
시인이 그냥 지나치지 못한 순간들을
채집하고 채굴하며
조용히 쌓은 심연의 파랑입니다

그러기에
이 시집은 해석을 요구하지도
독자를 설득하지도 않습니다
단지 독자와 같은 방향을 바라보며
같은 자리에 잠시 서 있을 뿐입니다

만약 이 시들 가운데
독자 여러분이 각자 사유의 공간에서
한 줄이라도 공명한다면
시는 이미 제 몫을 다한 것입니다

시는 이해되는 언어라기보다
때론 가슴으로 스며들고

때론 혈관을 따라 서서히 번져가는
감각에 더 가깝기 때문입니다

바라건대
이 시집의 숲을 거닐다가
조용히 울림을 남기는
시 한 편쯤은
건져 올릴 수 있기를 소망합니다

병오년 봄의 문턱에서

유비자 올림

제1부

서정을 부르는
시심

제2부

누가 이걸 짐승의
사랑이라 말할 수 있는가

제5부

인생은 행복
시간의 총량제

제1부

서정을

부르는

시심

봄볕 쪼여야 할 그대

응달진 매봉산 숲 계곡엔
아직도 잔설이 남아 있지만

춘분 지난 매봉산 원형 광장은
찬란한 봄 햇살이
참빗처럼 촘촘하다

따뜻한 봄볕을 등에 업고 배를 채우니
무릉도원이 어디더냐
푸드득 환생한다

부쩍 시원해진 산바람이
숲의 초록 바람을 듬뿍 묻혀와
두 뺨을 간질이고

무수히 다른 스펙트럼의 감정이
내 후각을 강탈하니

문득 세월의 흔적이 배어 있는
가수 김용임의 노래 '훨훨훨'이
최근 발병한 공황 장애 우울증을
훨훨훨 하게 한다

향기가 날아갈까 두려워
마개조차 열지 못하는
신의 물방울 같은 존재여

봄이면 찾아오는
벚꽃 엔딩 노래처럼
꼭 욕망의 집어등集魚燈을 던져야만
흔적이 남는다는 말인가

외로움의 중력에 짓눌려
가슴 파닥이며 사위어가는 그대여

너의 이름 부르러 청계산에 간다

봄날의 그윽한 꽃향기에
잠깐 눈붙인 것 같은데

강렬한 허기를 느낀 산야는
어느새 물감 팔레트가 되어
초록을 향해 들불처럼 번져 간다

싱그러운 5월의 신록 아래
자신들만의 언어로
초록의 다양한 변주를 만들어 내는
색채의 마술사 이곳 청계산

봄날 태고의 자연은
물과 나무와 숲이 어우러지고
햇빛에 일렁이며
마침내 눈과 귀를 감싸며 적신다

침침한 눈은 의사 처방전 없이도
자연 토비콤으로 시원해지고
허파는 무공해 산소 충전으로 싱싱해진다

초록색 하트 잎을 품은
계수나무를 옆에 차고
물가에 핀 연분홍 철쭉을 품으니
또다시 삶의 의지가 기립한다

어느 시인의 표현처럼
그의 이름을 불렀을 때
그에게로 다가와 꽃이 되었듯이

자연의 소리가 악보된
너의 푸른 이름 부르러
오늘도 나는
풀잎 전류 흐르는 그곳 청계산에 간다

내 안의 물 향기

봄비가
푸른 행성의 살갗을 촉촉하게 적시니
대지가 살았다 환호하고

물 향기가 파도처럼 밀려오니
생각은 격랑이 되어
숲길의 행자를 혼절케 한다

하늘을 한 아름 품은 그녀는
인동초의 화석이 되어
내가 없는 풍경 속에서도
마침내 멀리서 빛나는 별이 되었다

그녀의 서늘한 맑음은
내 혈관 깊숙이 스며들어
그녀가 떠나고도
한참 동안 머문다

사랑은 통역이 안 되지만
나는 가까스로 퍼즐 한 조각을 주워
그녀 안의 파랑을 직조한다

세월이 흘러도 늙지 않고
육신의 오감으로 써 내려간
어른의 연애가

햇살을 받은
나뭇잎 그림자에 부딪히며
가슴 속 어딘가 서성거린다

그렇지 않은가

또 다른 언어, 얼굴

거울 속에 비친
내 얼굴은
세월의 풍파가 쓴 장문의 일기장이다

허들처럼
문턱을 품고 사는 우리네 삶

한 줄 한 줄에
고단했던 낮과
숨죽여 울던 그 날의 밤이 새겨져 있다

주름은
성난 파도처럼 겹겹이 밀려와
살아온 시간을 증언대에 서게 하고

눈가의 처진 그늘은
오히려 빛을 오래 품은
거리의 등불이 되어 주위를 밝힌다

세월이 흐르면
누구나 맞아야 하는 삶의 변화

상처마저
내가 걸어온 길을
오롯이 대변하는 외모는

말 없는 상형 문자이자
또 다른 장르의 빛나는 훈장이다

그치지 않는 비는 없다

삶은 가끔
튼튼한 우산살을 뚫고 스며드는
빗물 같기도 하고

어쩌면 삶은 흔들리는 일상이
발목 빠지는 늪이 되기도 하며

때론 번개에 쫓기는 새가 되어
떨며 숨기도 한다

그러나
결국 하늘은 파란 속살을 드러내며
젖은 옷을 말리고
먹구름은 언젠가 바람처럼 쌩하고
갈 곳을 찾아 흩어지고 만다

하늘의 상처에서 흘러내린 눈물은
한때는 세상을

절망의 맨홀에 잠기게 하지만

결국 새 뿌리를 적시는
빗방울이라는 것도 배우고

장마의 끝은 마침표가 아니라
씨앗의 첫 숨이라는 것도 배운다

가족이 아프면
집이 물에 잠긴 듯 고요하지만
흠뻑 젖은 나의 '어제'는
천천히 날아오르는
가벼운 깃털이 된다는 것도 배운다

지금은 장마철
그치지 않는 비는 없다

까톡까톡

이른 새벽
커튼 밀어내는 단잠의 훼방꾼
까톡까톡까톡

굳게 닫힌
천근만근 철문

비비고 붉히며 겨우 달래
쫙 뻗은 단풍 손으로
손바닥 우주를 움켜쥔다

몽글몽글한 기억 떠올리며
나무 액자처럼 걸린
창문을 바라본다

헐렁해진 나날은
촘촘한 까톡 그물에 몸을 기대고

일상의 구겨진 마음은
가을의 손길처럼 다정한
쫙 뻗은 단풍 손으로
이쁘게 다림질한다

비에 젖어도 젖지 않는
망막에 꽃씨 뿌린 세상을 보기 위해
쫙 뻗은 단풍 손으로
이쁘게 세수한다

단비 꿀비

메말랐던 저 연못 속
가냘픈 연꽃 송이

어느 날 번개 타고
하늘 단비 적셔주니

하늘하늘 춤을 추며
살랑살랑 노래하네

둥근 잎 긴긴 줄기
수줍게 내민 얼굴

아낌없는 생명수는
단비 되고
꿀비 되어

마술적 그라피티
효험을 발했구나

6월이 오면

들불처럼 번져오는
빨간 립스틱 장미의 6월이 오면
숭고하게 산화한
호국의 비목이 생각나고

펄펄 살아 지열을 내뿜는
이 땅에 6월이 오면
억센 풀잎처럼 가슴 베고 떠난
그 님이 생각난다

청보리 익어가는
유년의 6월이 오면
풀잎에 물든 그리움은
바람으로 쿠팡하고

추억은
잊힌 대중가수의 목소리로
퀵 서비스한다

아카시아 향기에 흠뻑 젖은
노년의 나의 6월은

내 마음을 정화하는
세정제가 되고
주름진 시인의 얼굴이 되어

그리움에 출렁이고
아쉬움에 반짝인다

8월의 코스모스

굳이 서사하지 않아도
끄덕이는 계절, 가을의 문턱이다

작열한 태양 아래
두텁게 선팅한
연분홍 주황색의 파노라마

눈부신 코발트 옥빛 하늘은
지난여름 연인들의 언어가 되어
립스틱 짙게 바르고
하늘하늘 발레리나 강수진姜秀珍이 된다

청초하고 갸름한 목덜미는
한들한들 그리움을 잉태하고
물결치듯 일렁이는 자태는
달빛 별빛에 몰래 샤워하는 것 같다

매서운 세월의 고독에

염기 서린 목줄 길게 세우고
풍경을 먹고 마시며
소슬바람 토해내니

주체 못 할 정취가
찌르르 전류 되어 온기로 남는다

청명한 가을은
풀잎에 부서지는 바람이 되고

보름달을 품에 안은
단아한 새색시가 되어
어느새 연분홍 옷고름을 풀어헤친다

무심히 지나가는 길손은
다디단 밤양갱에 매몰되어
9월의 전령사를 빨리 오라 재촉한다

10월의 마지막 밤과 노벨문학상

가을은
민들레 홀씨 후~ 불면
흩날리는 계절이고

떨어지는 낙엽의 말을
두 손으로 받아 적는
찬란한 슬픔의 계절이기도 하다

또한 가을은
지난여름 연인들의 절절한 이야기가
주저리주저리 전설로 영그는
욕망의 계절이기도 하고

절제된 공감 언어로
새 생명을 불어넣는
심폐 소생의 계절이기도 하다

극동의 최빈국 분단국가에서
선진국 대열의 세계사 주류로
시민권을 부여받고

세계가 먼저 발견한
노벨문학상 한강韓江 작품을
깊은 울림의
우리 '원어'로 읽을 수 있는 나라

언어는 그 시대의
영혼과 삶의 모상模像이요 존재의 집이니

이제 우리는 저열한 관념의 강을 건너
햇빛 한 줌과 달빛 한 모금으로도
철학적 대화가 가능하고

삶의 진리를 덧대는
사유의 퍼즐도 맞출 수 있다

나뭇가지 흔드는 추풍이
여윈 손가락을 뻗어
내 옷깃을 파고들면

시월의 마지막 밤을 음유하는
가수 이용李湧의 노래 '잊혀진 계절'이 생각난다

가을의 시는
가을의 풍성한 들녘 그림과 같으니

일찍이 북송 시인 소동파는
시화일률詩畫一律이라고 하지 않았던가

점점 짧아지는 가을이
더 소중하게 느껴지는
달빛 고요한 만추의 밤이다

기다려지는 봄날

오늘따라
그녀의 미소가 눈처럼 날린다

그녀의 목소릴 들으면
가슴속에 비가 내린다
어느새 눈시울이 촉촉해진다

그녀가 곁에 있으면
서정의 별이 은하수 되어 흐르고
가슴이 저릿하고 시큰거린다

아침이슬처럼 영롱한
알알이 맺혀온 설움의 통각

깊고 어두운 터널은
자유라는 빛을 따라
작은 울림이 되어 돌아온다

방황의 시간이
벚꽃 엔딩 되어
길어 올린 뜻밖의 열매

예견된 그녀의 인생 봄날은
가슴이 공명하는 타는 목마름이다

그녀는 밤하늘 별 무리 사이로
결혼도 미룬 채
소천하실 때까지 엄마 곁을 지킨
60대 후반의 막내 여동생이다

라스트 댄스를 마친 것처럼
마음에 안개가 끼고 가슴이 먹먹하다

몰래 숨어서 쓰는 시

더 늦기 전에
시를 쓰겠다고 했다
잘 다니던 직장에 사표를 내던진 날

연로하신 부모님은
드시던 밥숟가락을 내려놓으셨고
아내는 아무 말도 하지 않고
창밖만 응시한다

먹고 살기도 빠듯한 세상
누가 한가롭게 시집을 사서 읽느냐
그것도 무명작가 쓴 시 나부랭이를

가족 간 오가던 흥겨운 대화는
장마철 비에 젖어 사라지고

위험한 일탈은
낯선 음향의 충격파가 되고

차가운 침묵의 농무가 되어 집안에 넘친다

시보다 따뜻한 밥이 더 절실한
현실과 이상의 틈바구니에서
가족을 배반한 아빠의 권위는
냉장고 문을 여는 손보다 더 가벼워졌다

그래도 통장의 잔고보다 얇은 원고지 위에
어쩌면 읽히지 않을지도
팔리지 않을지도 모를 이름 없는 시를

새벽에 몰래 숨어
내 삶을 은유하는 상징을
한 글자 한 글자 피의 형태로 생명을 낳는다

당장 다가오는 월급날이 걱정이다

시어를 채굴하는 사람들

시인은
바람 속에서 떠도는
낱말의 씨앗을 줍고

이끼 낀 바위틈에서
은유의 뿌리를 캐내
시장에 내다 파는 상인이다

시인은
세상의 소음에 오염되지 않은
무균의 시어를 찾아

이른 아침 새소리에 이불을 개고
빛의 잔해를 울림으로 담아내는 방랑자다

또한 시인은
공기 속에 떠다니는 시어 입자를 조탁하여
'빛'으로 상장上場시키는 폐광의 사업가다

그리고 시인은
한동안 써먹을 재고가 바닥난 줄도 모르고
허둥지둥 시어의 오아시스를 찾아
펜을 들고 이 산 저 산으로 달려가는 광부다

오늘도 목이 타들어 가는 시인은
멸종 위기의 청정 시어를 채굴하기 위해

피처럼 스며드는 언어의 사막을
맨발로 질주한다

아름다운 동행

오늘 2024년 6월 4일 화요일 오전 10시 50분
기존 삶의 토대가 송두리째 전복되고
메탄가스 자욱한 삶의 시계視界 만이
내 주위를 겹겹이 서성일 때

휴대폰 너머로 들려오는
까까머리 친구의 가슴 시린 목소리

"야, 뭐하냐? 밥 한번 먹어야지
지난번 만났던 중국집 차이 6월 6일 12시 30분 예약했다"

문득 생경한 추억에 잠겼을 때
그 안의 등장인물이 내가 된다는 것
그건 보석 같은 영광이고
내 인생의 강철 무지개다

새벽 우물에서 두레박으로 길어 올린
청량한 물맛보다 시원하고 상큼하다

나락으로 떨어진 친구를 향한

진솔한 친구의 음성은

두 눈을 찬물로 씻은 듯 짜릿하고 개운하다

삶은 늘 그렇게 흘러가는 것

고요한 것처럼 보여도

커다랗게 출렁이는 깊은 심연의 바다가 있듯이

눈에 보이지 않는 산소처럼

내 삶에 빛나는 또 하나의 별이 되어

세월의 무게와 함께

먹먹한 감정으로 몰려온다

고맙다 친구 청담

아보하

세탁기 돌아가는
둔탁한 소리가 들린다

찻잔이 기다리는
전기 포트의 물 끓는 소리도 들린다

베란다의 화초가
물 달라고 보채는 소리도 들린다

예기치 못한 사고와 재난
그리고 이름의 카오스와 맹수 앞에서
유리컵 같은 일상
그래서 무탈하게 보낸 하루가 더 값지고 귀하다

행복은 거창한 담론이 아니고
그저 오늘 하루를 무사히 건너왔다는
내 손등에 남은 따뜻한 체온이고
거기에 스며든 안온한 일상이다

허공을 향한 과시의 소셜미디어와는 달리
누구에게 보일 필요도 없고
누군가의 인증도 받을 필요 없이

하루를 무사히 견디고 살아냈다는
그 사실 하나만으로도
오늘은 이미 행복으로 충분히 빛난다

작년에 개봉한 일본 영화
'퍼펙트 데이즈'의 주인공 '히라야마'처럼
나뭇잎에 일렁이는 한 줄기 햇살에도 만족하는
아주 보통의 하루 '아보하'면 족하다

아마도 어쩌면 행복은
멀리서 오는 유형의 신탁이 아니라
무탈한 하루의 다른 이름인 것 같다

병오년 적토마를 보며

향기를 따라가면
꽃을 만나듯
사방이 절벽인 세상

매봉 95m 그곳 언덕은
어느새 회귀해야 하는
애착의 공간이 되었네

매봉산 자락
풀숲에 숨은 서러운 푸른 뱀을 배웅하고
질주하는 적토마를 바라보면서

결이 다른
생각의 근육으로

울림이 다른
소년의 감성으로

그리고 긴 호흡의
서정적 기억으로

나는 샘솟는
희망의 병오년丙午年을 꿈꾸네

부존재의 죽비 竹篦

난기류다
제정신이 아니다
마치 주방에서 모락모락 갓 나온
팥죽 얼굴 색깔이다

현관문을 밀치면서 들어오는 아내의 제1성
가히 신체 장기의 일부분인
오장 칠부의 핸드폰을 분실했다는 것이다

차분하게 시간대별로
복기해 보라고 말해도 소용이 없다
내일 약속이 있는데 하면서 발만 동동 구른다

마치 내가 휴대폰을
대신 잃어버린 비상시국의 상황극이다

사업 실패로 깨갱하며
방구석에 처박혀 있는 나는

제대로 목소리도 못 내고
살살 비위만 맞춘다

지금 시각 오후 8시 30분
친구랑 놀러 간
강원도 횡성 벨라스톤 레스토랑에서
딸과 통화하고 아마 그냥 나온 것 같다는 것

난 죽어라 핸드폰을 쿡쿡 눌러도 받질 않는다
퇴근했으니 내일 아침에 전화해 보자고
죄인인 양 달랬다

누군가는 받겠지
우주의 에너지를 주술에 담아 계속 눌렀다

"여보세요?"
주술의 힘인가
누군가 받은 것이다

오! 주여

"누구세요? 여긴 대치동 파출소 지구댑니다"
핸드폰 건너로 들려오는 목소리는
분명 복음이었다

순간 칠흑 같은 어둠이 걷히고
집안에 거대한 평화가 찾아왔다

일상을 공유하던
찰진 옥수수 같은 웃음도 소환됐다

아내는 가슴을 쓸어내리고
마치 무슨 일이 있었느냐는 듯 깔깔거리며
맥주 한 캔을 순식간에 비웠다
촉촉한 수분 광채와 함께

한두 시간 핸드폰의 부재가 이러할진대

내 가까이 소중한 별들의 부존재면
과연 어떠했을까

짧지만
깊게 고뇌하고 성찰하는
억겁의 시간이었다

월요일 오후 5시

매주 같은 시간
애완견 토리의 작은 발소리와 함께
나는 하나의 의식을 치르듯 현관문을 나선다

옆 동네로 이사 온
딸아이 집 재활용 쓰레기 배출 지정일 시간대
신혼집의 달콤한 숨결과 젊은 날의 치열함이
한 봉지, 한 봉지에 담겨 있다

월요일 오후가 누군가에게는 번거로운 일이지만
한량인 나에게는 딸아이의 하루를 덜어주는
소소한 기쁨의 시간이고
딸에 대한 한 줌의 사랑이
산소처럼 포개진 꿈결 같은 시간이다

그리고 그 짧은 시간 그곳은
낯선 이웃과 온기를 나누는 공간이자
버리는 것보다 더 많은 것을 가져오는

일상의 삶이 흐르는 저녁 풍경이기도 하다

이따금 나는 누군가가 버린 물건 더미에서
어느 누군가의 손때 묻은 기억을 주워 온다

쓸모를 잃지 않은 예쁜 쇼핑백과
아직 마음의 온기가 남아 있는 앙증맞은 선물 상자까지

버림과 나눔이 공존하는 그곳에서
나는 오늘도 조용히 마음 한 조각을 덜어내며
평범한 일상을 새털처럼 공유한다

돌아가는 길
휴대폰 너머로 들려온 딸아이의 음성

'아빠, 냉장고에서 수박 가져가'
오늘 남은 저녁을 들뜨게 해주는 행복의 덤이다

누가 이걸

짐승의 사랑이라

말할 수 있는가

어디 한번 만져봐도 돼요?

저녁 8신데
태양은 정상 근무 안 하고 뭐 하는지
밖은 환하고
날씨는 초복이라 그런지
미친 듯이 후덥지근하다

난 시원한 산바람이라도 좀 쐴 겸
댕댕이 '토리'를 품에 안고 현관문을 나섰다

벌써 아파트 분수 광장 공터에는
10여 명의 소위 사오십 대 열혈 엄마들이
진을 치고 각자 데리고 나온
'소장품' 품평회를 하는 것 같았다

가끔 여자를 무서워하는 나는
조심스럽게 토리를 안고
개 군중을 피해 살금살금 도망치듯 지나간다

서기요, 혹시 말티푸 새끼 아녀요?
딱 보면 알아요. 우리 애도 말티푸거든요
불시에 단체 검문을 받았다
누가 물어 봤~냐~고?

용감한 엄마들 서너 명이
각자의 소장품과 함께 내게 다가온다

아유, 예뻐라 너무 귀엽다
몇 개월 됐어요? 여자여요 남자여요?
분양받으신 거예요? 안 물어요?

같이 자요 따로 자요? 간식도 먹어요?
어디 한번 만져봐도 돼요? 돈 많이 들죠?
사모님도 좋아하세요? 이직 대소변은 못 가리죠?

난감하다
딸애가 아직은 다른 사람 손타면

안 된다고 했는데

마치 개안開眼을 한 것처럼 깨달았다
이 시간대에 현관문 나갔다가는
또 무슨 '개 봉변'당할지 모른다는 사실을 되뇌며
급히 집으로 돌아왔다

영문을 모르는 아기 댕댕이 토리는
내 얼굴만 빤히 쳐다본다

이게 갑자기 '미쳤나?'

우리 집 댕댕이 토리에게
아빠인 나는 호구였다
토리에게 절대 순종하는
충직한 신하이자 집사이기 때문이다

대소변 훈련 제대로 시키라는
가족들의 압박에도
집구석을 개새끼 화장실로 만들 거냐는
아내의 투정에도
오로지 토리만을 감싸주는 데 진심이었다

오늘 토요일 아침에도 그녀는
종횡무진 온 집안을
그야말로 개판의 특설 무대로 만들었다

아무리 매몰된 아가페적 사랑이라도
레드 라인을 넘어도 한참 넘는
가슴 얼얼한 호쾌한 난장판이었다

한 성깔 하는 나는
노상 방뇨하는 현행범을
현장에서 목격하고 쥐잡듯이
고래고래 신문訊問했다

갑자기 영문을 모르는
둥절 토리는 이게 뭐지
우습다는 듯 빤히 나를 쳐다본다

그리고 입가에 엷은 미소를 머금는 듯
뭐라고 하는 것 같다
'이게 갑자기 미쳤나?'

껌딱지 내 곁에

24시간 밀착 껌딱지
우리 집엔 댕댕이 토리가 있다.

몸을 폴더폰처럼 접으며
지난 삶의 궤적을 압축한 절망의 시간
딸애가 아빠를 위해 입양한
출생 로또복권에 당첨된 고귀한 생명체다

이 작은 3.5kg 말티푸가
내 신산한 삶의 좌절감과 공허함을 달래주는
빛나는 별이고 햇살이고 활력 충전제다

바쁜 일상 속 걸음을 멈추게 하고
저마다 출렁대는 상처를 봉합하며
계절의 흐름을 담아내는 11월 마지막 주간

깜짝 선물처럼 찾아온 늦둥이에게
내 영혼을 이식하고

무지개 생의 그 날까지
눈을 맞추리라 다짐해 본다

어느덧 시간은
세밑을 향해 계주를 시작했고

발버둥 치며 달려온 우리네 인생도
그렇게 또 한 자락을 접는다

마치 막막한 일상의 돌파구라도 찾은 듯
가을 찬바람이
날개 타고 하늘로 솟구친다

그렇게 우린 만났다

쓰러진 육신의 먼지가
잿빛 폐부에 달라붙은 칠흑의 골짜기

짙은 안개 속
뻑뻑한 눈동자의 깊은 우울과
별 없는 하늘의 울음 섞인 공황이
흠뻑 젖는 통각의 백야를 만들어 갔다

문득 외로움과 절망에 포획된 어느 날
딸아이가 아빠 품에 안겨준
생후 100일의 아기 말티푸 토리

밤마다 흐트러지던 나락의 베개를
너의 실핏줄 같은 맥박이
희망으로 감쌌고
너의 앞발은 세상과의 화해를 가르쳤다

견고한 우울의 암반 퇴적층은
너의 흔들던 꼬리 진폭만큼 얇아졌고
거친 공황의 파도는
너의 눈동자 호수 앞에서 힘을 잃었다

어느새 나는
내 방의 철문을 박차고 나와
다시 충만한 열정으로 그려낸
서사적 상상력과 다시 마주했다

돌아오는 3월 5일이면
두 번의 사계절 옷을 입은 너는
질곡의 '쇼생크'에서 탈옥한 나와
친구가 되고 연인이 되었다

까치발을 세우며 누군가를 기다리듯
그렇게 우린 만났다

칼봉산의 토리

물안개 스며든
이른 아침의 가평 경반계곡

칼봉산 자락을 밟는 발걸음은
어느새 한 호흡이 되고
우린 오랜 친구처럼 익숙한 흙냄새를 맡는다

인간보다 먼저 산의 살갗을 느끼며
초록의 이슬 위로 강아지가 발을 내디디니
토리의 작은 발자국은 작은 음표가 된다

차가운 계곡물에 손을 담그니
세월의 찌든 먼지가 저만치 씻겨 흘러가고

수락폭포 물줄기 사이로 비치는 햇살은
자연의 경이로움에 스며들어
별 무리처럼 흩어지고

그 안의 털이 젖은 토리는
신화 속 생명처럼 빛을 발한다

침묵으로 대화하는 숲을 지나
정상에 올라갈수록 우리는 더 가까워지고
그곳의 공기는 빛이 되고 바람이 되어
말을 아끼는 여인의 숨결처럼 맑고 깊다

하산길 그날의 햇살과
토리의 짙은 눈망울
그리고 앞서 달려가다 가끔 뒤돌아보며 기다리는
그 작은 떨림 속에서
난 한 생명의 금실 같은 전류를 느낀다

흙길에서 묻혀온 토리의 풀 내음과 함께
오늘 하루는 아주 오랫동안
내 마음에 살랑살랑 남을 것 같다

우리 곁의 작은 별, 토리

한 떨기 여린 숨결 하나
어미 품을 떠나던 날

세상은 아직 천지창조 전이지만
너는 운명처럼
이미 우리라는 이름의 품으로 걷고 있었지

수많은 눈망울 사이
유난히 빛나는 사슴 눈망울을 가진 너는
귀청이 터질 듯한 침묵의 까만 눈으로
우리를 보았고 우린 너를 택했지

아니 우리는 처음부터 너에게 가고 있었던 거지
아니 어쩌면 그 반대였을지도 모르지

아빠가 이름표를 달아준
토리 너의 알 수 없는 옹알거림이
한점 빛이 되어 거실에 번졌을 때

너를 안고 웃던 축제의 그날 밤
우리는 하나가 되었음을 알게 되었지

엄마 아빠 양말 물고 도망가는 작은 발소리
밥그릇 물그릇 부딪히는 소리
낮잠 자는 너의 숨소리조차
우리 일상을 새롭게 수놓았고

간식 소리에도 달려오고
창밖 소리에도 귀를 쫑긋하는 너는
하루의 모든 숨결을 껴안은
신화 속 존재가 되어준 거지

우리가 토리 널 데려온 것이 아니라
너로 인해 우리가 비로소
한 지붕 아래 가족이 된 거지

초여름 오후의 하와이

오랜만에 다시 찾는 추억의 하와이
댕댕이 토리와의 해외여행 길이 드디어 열렸다

나는 가족과 함께
들뜬 소년의 마음으로
토리를 품에 안고 대한항공 특별기편에 몸을 맡긴다

하와이의 짙푸른 햇살이
기내 창문에 들어오고
머리맡엔 가족의 흥겨운 웃음소리가 들린다
토리의 작은 기척도 에코가 된다

오랜만의 하늘길
안전벨트 아래 품은
실크보다 부드러운 생명체의 감촉
익숙하게 내 뺨을 간질이며 잠을 깨운다

눈을 뜨니 천장이 보이고
매봉산의 숲사이로 수직 강하하는
초여름 햇살이 눈부시다
꿈이다

오늘 나는 삐걱거리는 낡은 침대에서
토리와 함께 하와이 하늘을 다녀왔고

그 강렬한 설렘은
아직 내 품속에 생크림으로 남아 있다

영문을 모르는 아기 맹수 토리는
빨리 간식이나 내놓으라는 눈빛이다

6월 초여름 낮의 신비로운 백일몽
시즌2로 또 한 번 다녀오고 싶다

반려견과 걷는 새벽의 질서

매일 아침 6시가 되면
나는 반려견 토리와 함께
어둠이 물러간 도시의 가장자리를 걷는다

귀를 뾰족하게 세운 댕댕이들이
저마다 잠이 덜 깬 집사의 어깨를 끌고 나와

누군가는 먼저 다가가 콧등을 맞대고
누군가는 꼬리를 연주하고
자연의 위계 의전 리추얼을 집행한다

그러나 집안의 '아기 맹수' 토리는
현관문을 떠나 자기보다 큰 그림자 앞에선
슬그머니 꼬리를 반쯤 감추고
눈을 내게 향한다

나는 겁먹은 토리의 맑은 눈 속에서
인간의 오래된 그림자를 발견하고

토리의 물러남은 굴복이 아니라
현명한 후퇴라는 것을 읽는다

목청 큰 자가
늘 옳은 것은 아니듯이
작게 웅크린 자가
언제나 약한 것도 아니다

오늘도 토리와 나는
바람이 매봉산 자락을 넘어오는
소리를 들으면서

무너지지 않는
계급장 서열의 골목을 지나
작은 평화를 산책한다

아빠의 팔베개

오늘도 하루 종일
아빠와 왈왈거리며 지낸 너는
푸릇푸릇하게 숨을 섞듯
하루의 끝에 내 팔을 베고 눕는다

새근새근 그 고른 숨결 속에
작은 평화가 깃들고
그 영롱한 우주에 나도 힐링의 마음을 맡긴다

영문도 모른 채
어미 곁을 떠나던 날

어느 별나라 공주의 운명처럼
너는 작은 발걸음으로 다가와 우린 가족이 되었지

온몸의 세포가 낯설기만 하던
너의 작은 심장의 시선도
이젠 서로의 눈빛을 읽고 그 안에서 빛을 찾으며

나는 너의 따뜻한 품이 되고
너는 나의 위로가 되며
같이 세월을 건너는 동행자가 되었지

내 옆에 누워
유독 시린 내 마음의 빈틈을
작은 심장으로 토닥토닥 메워주는 토리야

만약 행불행이 총량제라면
기억은 추억의 원소가 되어
너로 인해 내 운명의 지갑엔
행복이 더 많이 남아 있을 것 같다

잠든 너의 눈꺼풀 위로
나는 오늘도 천천히 익어가는 사랑을 덮는다
굿나잇 내 사랑 토리

또 다른 애완견

이 땅엔 반려라는 이름으로
기쁨을 기억하고 슬픔을 나누는
1,500만 가구의 웃음이 산다

그러나 대부분의 우리들 가슴에
또 다른 두 마리의 애완견을 품고 살고 있으니

하나는 낯선 얼굴을 향해
송곳니를 드러내는 '편견'이고
다른 하나는 처음부터 결론을 삼키며
으르렁대는 '선입견'이다

목줄이 없는 이 견공들은 우리 몸안에 숙주로 자라면서
마음의 문을 닫고 서로의 기억 속에 갇혀
차가운 맹수로 숨어 산다

그들은 익명의 인터넷 댓글 속에
말없이 스쳐 간 침묵의 눈길 속에

정화되지 않은 감정의 배설물을 쏟아낸다

그들은 집에만 머물지 않고
회의실로, 교실로, 운동장으로. 교회당으로
심지어 신성한 법정 안까지 따라 다닌다

아이러니하게도 우리들은
그들의 충직한 사육자로
먹이를 주고 사냥감을 던지고 함께 갉아먹으며 늙어 간다

누군가는 항변한다
나는 그런 개는 키우지 않는다고

하지만 우리는 안다
그 개들은 아무리 문단속을 해도
몰래 사람 마음의 틈새로 스며들어
주인처럼 군림한다는 사실을

아니, 강아지는 어떡하고

한때는 이해할 수 없었다
그까짓 '개새끼' 한 마리를
신주 모시듯 품에 안고 어디든 함께 다니는
그 유별난 친구의 모습이

그러던 어느 날 밤
딸애가 내 품에 안겨준
까만 눈의 작은 생명체 하나

토리라 불리는 이 작은 존재가
내 일상을 지배하는 아카이브 영혼이 되었다

아니, 강아지는 어떡하고 혼자 나왔대?
그 친구가 혼자 나타나면
나는 진심 어린 염려로 자연스럽게 묻는다

작은 발자국 하나가
메마른 이성의 눈으로만 세상을 보는

나의 무심한 시선을
애틋한 감성의 심폐 소생 눈빛으로 바꾸어 놓았다

문득 이해란
같은 무게의 마음을
고착된 언어로부터 해방되는
경험의 언어라는 생각이 든다

그 속에
얼마나 많은 밤의 적분이 이루었는지 모르는
타인의 삶은
자막 없는 영화 같은 것이 아닐는지

적어도 내 눈에는 그렇다

함께 걷는다는 건

7월의 염천을 품은
잠깐의 동네 산책길

하네스를 두른,
말 못 하는 작은 생명체가
혀를 길게 내밀며 한참을 서 있다

목줄을 당기면 고개를 외면하고
걸음을 재촉하면 몸을 낮추며 저항한다

지열을 피해
주인의 팔 위에서 세상을 구경하려는
몸과 눈빛으로 전하는 시그널이자 시위다

번쩍 들어 올린 4.8kg의 뜨거운 체온
살랑살랑 전하는 꼬리의 플러팅

함께 걷는다는 건
같은 속도로 가는 것이 아니라
상대가 멈출 때 기꺼이 멈춰서는 일이다
근데 그게 그렇게 어렵다

말 없는 교감
엇나가도 눈부신 작은 존재 토리로부터 배운
오늘의 큰 지혜는
사랑의 구독이다

누가 이걸 짐승의 사랑이라 말할 수 있는가

장 보러 나서려다 또 너를 바라본다
애틋하게 쳐다보는 너의 까만 호수 눈빛에
나는 잠시 외출을 미룬다

내 맥박 속에서 너의 체온을 느끼며
도시의 찬바람에도
나의 거푸집이 되어버린 너는

이미 내 삶의 외피인
자발적 불편을 겪는 그림자다

잠시만 떨어져 있어도 손끝이 저리고
내면의 방이 문을 걸어 잠근다

사람들은 외로움의 빈자리를 메꾸기 위해
쉽게 돈으로 작은 생명을 들이지만
그들에게 우리는 이 세상의 전부다

반려동물을 들인다는 건
적어도 한 생명의 우주를 품는 일이다

사람들은 묻는다
"강아지는 주인 없이는 못 살죠?"

나는 소이부답笑而不答한다
왜냐하면 그건 절반의 진실,
아니 그 반대일지도 모르기 때문이다

바닥에 내려놓으면
세상이 짓밟을까 봐 두려워
다시 너를 안는다

오늘도 나는 우리 댕댕이 토리랑
즐거움이 윤슬처럼 빛나는
우주의 하루를 공유한다

그래서 12월이다

12월에 진입한 알싸한 추위에
영혼까지 으슬으슬한 한기가 스민다

한해의 끝자락인 12월이
마지막 문을 열고 내 안에 들어오면

나는 타인의 기억 속에
점멸되는 것이 두려워
때마다 처갓집 가듯

송년회란 마스크로
12월 카렌다를 겹겹이 포장한다

올 한 해 양산된
파편 같은 유리 송곳 언어들은

타닥타닥 열기의 훈훈한 모닥불 언어로
래핑한 온기의 언어로 리모델링하여

로켓 배송한다

첫눈이 가져다준
인왕제색도仁王霽色圖 같은 12월 겨울은
냉혹한 현실의 찬바람 속에서
환상의 껍질을 깨고
거리로 쏟아져 나온다

점점 두꺼운 패딩에
먼저 손이 가는 계절

천연 모피를 온몸에 걸치고 세상에 나온
우리 집 댕댕이가
내 마음과 몸의 겨울 온도를 올려준다

웃음을 해독하는 언어

미소는 언제부터
골드바처럼 아껴야 하는
통장 항목이 되었을까
미소는 이자의 형태로 자라지 않는데

말 대신 꼬리를 흔드는
이 작은 아기 맹수 댕댕이의 존재가

웃음과 미소를 해독하는
언어가 되기도 하고

아스팔트의 굳은 입술을 이완시켜주는
계면활성제가 되기도 하며
팝콘 터지듯 피어나는 벚꽃이 되기도 한다

댕댕이 토리를 동반한 거리의 산책은
주위의 구겨진 마음과 미소를 끌어내는
천연 도화선이다

그래서 오늘도 나는
토리의 하네스 목줄을 잡고

아스팔트 위의
배거본드가 되고 노마드가 되어

불 꺼진 창틈에도
도시의 웃음을
취보하며 뿌린다

토리가 동행한 빛나는 가족

첩첩산중 원시림이 숨 쉬는 그곳
빗방울을 등지고 도착한
강원도 횡성 '위드 펫 빌리지' 애견 동반 펜션

설렘이 묻어 있는 토리는
꼬리로 산바람을 쓸어 담고
흙의 맥박을 짚으며
솔향 밴 내 마음까지 뛰어다닌다

알람과 알람이 부딪히며 바쁘게만 돌던 시곗바늘도
여기서는 망각의 강물을 마신 듯
느릿느릿 우리를 기다려 준다

해가 숲 저편으로 미끄러지자
테라스를 두드리는 소낙비는
강렬한 비트 음악이 되고

미리 칼집 낸 삼겹살 사이로 스며든
숯불 냄새는
바비큐 불판 위 고기를 노릇노릇하게 하고
딸아이 부부와 아들 그리고 아내의 웃음을
쌈 채소에 싸준다

오늘 적립한 추억의 절반은 맛이고
나머지는 공간일지니

비록 장마에 가려 볼 수 없었지만
서로의 마음을 향한 여행지에서의 우리는
각자의 가슴에 잘 구워진 별빛의 추억을 품은
빛나는 가족이다

집에 도착한 토리의 흐릿한 눈빛은
낯선 풍경 속 그곳의 바람결을
지금도 느끼는 듯하다

꼬순내가 난다

고소하고 순한 냄새가 난다
꼬순내가 난다

계절이 익어가는
햇빛을 밟고

분수대를 건너온 너한테서
가장 평화로운 냄새
꼬순내가 난다

너는 세수도 안 했는데
왜 나는 너의 발을 들고
코를 묻는가

사랑일까 중독일까
아니면 토리가 제조한 마약일까

하루가 끝날 무렵
너는 말없이 또 내 옆에 누우니
크림색 닮은 피부에서
신선한 크림 냄새가 난다

햇빛과 먼지
그리고 산책길의 기억까지 묻은
고소하고도 순한 냄새
너한테서 꼬순내가 난다

너한테서 나는 소리와 체취는
오늘 살아 있었음에 대한
색채의 블로그 같다

사랑이 토핑된
우리 토리한테서 꼬순내가 난다

아스팔트에 스미는 미소

도시의 살갗 아스팔트 위로
댕댕이 토리의 발자국이
취보醉步의 '장승업'을 그린다

토리를 보며 지나가는 행인들의 입가에
빛보다 먼저 미소가
스미고 피고 번진다
모두가 젊은 여성들이다

그들은 보유하고 있는
햇살 가득한 미소 잔고를
눈가와 입꼬리에 묻힌 채 아낌없이 방출한다

마치 그 미소는 새벽 우물에서
퍼 올린 것처럼 맑고 청아하다

그런데 이상하다
머리에 서리가 주저앉은 그들은

미소 지출에 자린고비다

그들의 눈과 입가는
이미 녹슬어버린 경첩 같다

아마도 지난 시절
웃음을 저당 잡히고 탕진해서
통장에 미소 잔고가 바닥나서일까
아니면 세파가
그들의 미소를 포박해서일까

꼬리를 흔들며
또 다른 가슴을 여는 토리는
오늘도 스스로 풀꽃이 되어
마음 향기를 뿌리며 킁킁거린다

굳센
생명의
노래

여보게 친구

꿈꾸는 사람은
그 꿈을 닮아간다고 했으니

여보게 친구
우리가 함께 꿈을 꾸면
그 꿈은 반드시 이루어진다고 하지 않든가

주체 못 할 흥겨운 봄기운과
전신을 쪼이는 봄의 정취
그리고 대학가 축제 같은 봄의 향연을 볼라치면

여보게, 청계산 자락 텃밭 친구
젊은 시절 낭만의 한 축을 차지한
자네와의 만남이 과연 우연이겠는가

돈이 없어
버스 회수권 맡기고

서로 휘둥그레진 눈빛 교환하며
폭풍 흡입하던 중학교 교문 앞
포장마차 오징어튀김

호두과자도
천안에서 먹으면 더 맛있는 것처럼
그 시절 노포의 떡볶이는
입안의 열쇠였고 번외의 즐거움이었지

파란 과거의 기억을 짊어진
자네와 나 사이에 스미는 공기는
영성과 속세의 댐을 허무는
까까머리의 또 다른 이름일지도 모르지

그렇지 아니한가

추락이 일상이 된 사회

누군가를 끝장내는 게 유행인 사회
거기에 편승해 돈벌이 수단으로
매스컴도 한몫하는 사회

지옥을 뜻하는 고색창연한 어휘 나락奈落이
이 땅에서는
비수 같은 언어로 사람을 망치질하는
엔터테인먼트 비지니스로 변신했다

도처가 지뢰밭이고 올무고 낚시꾼이다
잘못 걸리면 일순
나락행 급행열차에 강제 압송된다

비겁한 익명성에 기대
누군가를 난도질하며
죽어야 비로소 멈추는 열 개의 자판 두드리는 소리
본인의 현실적인 불만을
여과 없이 배설하는 살인 전용 창구

푸른 바다를 헤엄치는 꿈을 좇다가
순간 냉동 비린내로 말라버린 멸치처럼

추악한 진흙탕이 일상이 된
오늘을 살고 있는 우리 사회의 일그러진 자화상이다

세상이 점점
거대한 '오징어게임'이 되어가는 오늘도
나락의 먹잇감을 찾아
사이버 렉카는 우리 주변을 맴돌며 맴돌며
눈을 벌겋게 번뜩이고 있다

마치 '뭉크의 절규'를 본 듯
섬뜩하다

나는 희망을 희망한다

타오르는 숯불 더위와
반복되는 수마의 노상 폭행으로

언제부턴가 부서진 계절이 되고
빌런 계절이 되어버린 여름

그러나 군데군데 쉼표를 찍어가며
이 시간을 견인하면
세월은 시계의 초침에 실려
저 멀리 코스모스 들녘이 오고 있음을 안다

1%의 가능성도
현실로 바꿀 수 있다는 종교적 믿음과 확신

신화는 그저 꾸며 낸 웹툰 속의 이야기가 아니라
우리를 지탱하는
자존감의 뿌리이자 원석이다

물론 희망은 우리에게
첫사랑 같은 용기를 주기도 하지만
때론 희망 고문이란 낯선 신조어가 말해주듯
우리의 영혼을 지치게도 한다

TV 드라마에서나
해피 엔딩은 존재하는 것이라고 말할지 모른다
물론 그럴지도 모른다

그러나 세상 모두가 포기해도
나는 나를 포기할 수 없기에

희망은 어느 날
내 앞에 미소를 머금고 서 있을 것 같다
나는 지금 그런 꿈에 배고프다

만약 우리의 삶이
맑은 날로만 이어진다면

이 땅은 꽃과 나무가 없는 사막이 되지 않겠는가

설사 우리의 인생 항로가
선장의 의지와 관계없이
절망의 난파선으로 항해한다 할지라도

새로운 삶의 길에서의
실버 라이닝은 실로 경이롭다

작년 사업 실패로
그라운드 제로에 쓰러져 있는 나에게
또 다른 자아 도플갱어가 명령하는
희망 샤우팅이며 리얼 스토리다

숯불 앞에서

어찌어찌하여 창졸간에 일터를 잃고
'시 나부랭이 쓰네' 하며
셀프 가택 연금된 아빠 얼굴이 안쓰러웠는지
시집간 딸애가 버킷리스트 급 꽃등심을 사준다고 한다

꽃등심씩이나?
나는 근육질 가족들의 멱살에 떠밀려
들먹이면 알만한 서초동 고깃집에 자리를 틀었다

투명 플라스틱 마스크를 쓴 여종업원이
용광로 같은 숯불을 세팅하는 동안
난 물끄러미 그 숯불을 응시한다

딸애와 아내는 연신 군침을 재생산하며
목표물을 정조준하고 있는데
나는 한우 맛에 격한 상처를 줄 수 있는
쓸데없는 생각으로 한눈을 판다

‘분명 저 숯은 이미 나무가 타서 수명이 다한 잔해인데
다시 숯불이란 새 명찰을 달고 찬란한 재취업을 했구나’

뜬금없이 정신 나간 생각이 뇌파를 자극할 즈음
다급하게 재촉하는 익숙한 목소리
‘당신 고기 안 먹고 뭐 해, 제사 지내?’
‘아빠, 고기 탄다 고기 타. 또 딴전 피운다. 으이그’

잠깐 외출한 정신 줄을 제자리로 복귀시킨 나는
내 접시에 수북이 쌓인 배달 물품의
땡처리 구강 헬스에 혼신을 다하는 모습을 보였다

돌아오는 길
꽃등심, 안심, 치맛살, 살치살 등의 입맛을
충혈된 두 눈으로 복기해 본다
‘나도 숯처럼 다시 부활할 수 있을까’

환한 깨달음의 비상

숨조차도 헉헉거린 이른 무더위
차가운 하이볼 생맥주가 어른거린다

섬처럼 단절되고
마음의 철벽 댐으로 갇혀 있는 나날

마치 생각이 해체된 삶의
마지막 반토막인 듯
옛 기억 저편에
무표정한 회색 주름이 이랑을 만든다

알뜰하게 마일리지로 적립할 수도
누구에게 헐값으로 빌려줄 수도
친한 지인한테 빌려올 수도 없는
나에게 주어진 이 배타적 절대 시간

내 마음속
매일 새롭게 재생하는

희망의 노래를
다시 짊어져야겠다고 다짐해 본다

날개가 부러졌다고
내 비록 은퇴한 백수라고
어찌 새로운 장밋빛 비상을 꿈꾸지 않으랴?

오늘도 나는
서랍 속 앨범을 소환하고

추억을 저축하는
거실 속 시간 여행을 번개팅한다

흔한 비극을 흔치 않은 희망으로

째깍 째깍 째깍 째깍
초에서 분으로 다시 시로
흘러갔을 시간이

언제부턴가 하루가
밝음과 어둠의 이분법으로 흐른다

나무 장승처럼 멍때리고 있다가
화들짝 놀라
정신 차려보면 캄캄한 밤이다

창졸간에
사업체가 문을 닫는 폭우 내리는 내 마음에
그래도 파라솔 같은 큰 우산을 씌워주는 가족이 있고

태양 아래 항상 든든한 뒷배가 되어주는
오래된 얼굴들이 있어

흔한 비극을 흔치 않은 희망으로

뜨거운 커피를 마셔도
심한 한기를 느끼던 나의 얼어붙었던 마음 밭이
따뜻해짐을 느낀다

그야말로 할부 계약처럼 사는
일상의 하루하루가
기적의 연속이라는 평범함의 소중함을
진심으로 깨닫게 하는 두려움의 순간들

내 비록 일상적 풍경을
자음과 모음의 직조로
생생하게 표현은 못 하지만
해와 달과 별이 빛나는 광활한 우주에 살리라

설령 내 삶이 정상 오비탈을 이탈한
우주선처럼 흘러간다 하여도

포기할 수 없다

세상 모두가 날 포기하고
설사 돌덩이 되어
떠오르지 않는다 해도
난 날 포기할 수 없다

날카로운 편린들이
영멸하는 기억을
직조하듯 엮어나간다 해도

나는 극강의 의지와
절대 긍정의 사고로
고드름처럼 낙하하는 내 영혼을
결코 포기하지 않으리

비록 나 자신이
금방 말라 수정이 힘든
아크릴 물감 같은 것이라 할지라도

세상의 고통을 다 끌어안는
처연한 소리가 날지라도

나는 내 몸의 파열음을 경험하며
삶의 결정체인
오늘의 이 시간 흔적을 남기리라

세상 모두가 날 포기해도
난 나를 포기할 수 없으니

굳센 생명의 노래

산악 동호인과
대모산 기암절벽에 오른다
동트는 여명에 스미는 새벽 별빛이 경이롭다

마치 점령군에게 둘러싸여
처절하게 고군분투하는 듯한
푸른 소나무의 기상이 결기가 되어 저며온다

문득 나 자신을
소나무 곁가지에 휙 던져
감정 이입을 해 본다

갑자기 눈 가장자리가 뜨거워지고
이름 모를 감정들이 내 몸 안을 간질인다.

질곡과 분절의 총량제인
시간 나이테를 계산해 보니
웃음기 하나 없는 성난 얼굴이 된다

누군가의 삶에
불쏘시개가 되지 못하고
떳떳한 삶의 궤도에서 이탈해
두둥실 살아 있는 현재가 부끄럽게만 하다

다시는 덫에 걸리지 않는
현명한 여우가 될 것을 다짐하며
바닷가에 사는 농부처럼
또 다른 소망의 탑을 쌓기 위해

대모산 하산 길목에서
잠시 상념에 잠겨 본다

찻집 주방의
물 끓는 커피포트 삐익 소리는
내 삶에 쉼표를 찍으라는 환청임이 틀림없다

어느 자영업자의 먹먹한 스토리텔링

삶의 무게가 등이 시리도록 무겁고
주위는 전기 나간 칠흑 같은 터널이다
어째서 태양계의 중력은
유독 나에게만 작용하는 것일까

무심한 세월은
어찌어찌 여기까지 나를 견인했지만
바깥세상은 나를
광야에 유기하고 광속으로 추월한다

내가 가진 전 재산은 주방 무허가 '야매' 허가증과
오직 몸뚱이 하나 굴리는 것이 전부
지난 폭염에도 나는 공포의 극한 한기를 느꼈다

퇴직금으로 치킨집 오픈하던 날
아내의 환한 들뜬 기억

극단적 선택은 그나마 운명이 좌절시켰지만
선택지 없는 질긴 플랫폼 갑질은
그림자처럼 따라다닌다

누구는 진검승부의 냉혹한 현실에서
죽지 않고 살아남았으면 승자라고 하지만

누적된 과부하가 우리 부부에게 남긴 유산은
시퍼렇게 날 선 세상에
툭하면 부러지는 늙은 몸뚱아리뿐이다

벼랑 끝에 내몰린 육중한 유리 출입문은
오늘도 제 몫을 다하지 못하고
장승처럼 제자리에 처박혀 있다

광속에 지쳐 탈진한 이승의 내 여생의 삶은
삶의 해독제도 구하지 못하고
이렇게 추락하며 슬픈 종막을 고하는 것인가

빗물은 눈물이 된다

추적추적 비가 대지를 적신다
아직 7월 입구인데 벌써 본격적인 장마다

우리가 알던 예전의 장마가 아니다
두 달 이상 길어지는
'한국형 우기' 낯선 신조어다

건설 현장은 올스톱이고
야외 여행지 숙박업소도 죽겠다고 아우성이다

고함소리와 웃음소리가
천장과 벽 사방에 스며들던 식당은
배달이 안 돼 못 해 먹겠다고 가슴을 친다

야심 차게 창업한 자영업자 사장님들의
동공조차 냉각되는 시름이 깊어만 간다

허망한 한 여름밤의 '구운몽'이 되고

빗물은 풍요 시대의
슬픈 역설이 되어 집단 피눈물이 된다

출근할 때마다
'이놈'의 직장 때려치우고 싶다던 그 일터
매월 통장에 따박따박 꽂히던
샐러리맨 그 시절이 그립다

물끄러미 수심에 잠겨있는 사이
시속 100km 전속력으로
이번 달 임대료가 유독 시리게 달려오고 있다

얼음물을 뒤집어쓴 것처럼
공기마저 얼얼하다

할 줄 알아야 하죠

직장 잃고
일상이 탈골된 나는

집 밖에도 할 일이 없고
집안에도 일이 없다

아내가 여고 동창들과 여행 간 사이
된장찌개라도 끓여 볼 심사로

대파를 썰다가
무심한 둘째 손가락을 썰었다

신산하고 무거운 우리네 삶
아침밥에도 국이 없으면 안 되는 남편

부부싸움 뒤에도
시금치를 데쳐야 하는 아내

밥을 한다는 것은
쿠쿠 밥통 전원에
플러그를 꽂는다는 뜻이 아니다

혼자서도 얼마든지
살 수 있는 능력을 갖추었다는 의미다

"할 줄 알아야 하죠"

퇴직자에게
박씨를 물어다 주는 제비는 없기에
존재가치 없는 잉여 인간이 된 나는

실존적 두려움에 직면한
은퇴한 가장의 서글픈 자화상이다

이젠 그리 안 살란다

난 백수 되면 인생 끝장나는 줄 알았다
돈 못 번다고 집에서 쫓겨날 줄 알았다

쪼다같이 호구처럼 살면
접히고 주름진 곳에 스며든
모든 세상 포식자의 제물이 되는 줄 알았다

공부 못하면
세상 밑바닥 박박 기는
땔감 될 줄 알았다
오직 주야장천
정주행 직선만 고집하고 살았다

이제 와
노년의 파노라마 마일리지 정산해 보니
바보같이 살아도
통장의 잔고와 별개로
구름에 달 가듯이 느긋하게 살아도

116

삐딱하게 곁눈질하며 한눈팔아도

내일은 내일의 태양이 뜨고
오늘은 오늘의 바람이 분다는 것을 알았으며
그치지 않는 소낙비는 없다는 것도 알았다

아무리 삶의 짐이 무거웠어도
반짝이던 윤슬도 있었던 지난 세월

머리에 '밥 딜런'을 이고
텅 빈 머릿속으로 쓰윽 스캔해 본다

온갖 더러운 강물도 마다하지 않고 품는
가장 낮은 이웃 바다처럼
나는 니체의 초인을 닮아가며
여생을 이쁘게 메꾸고 싶다

나를 구원할 영웅

이제 더 늙을 일만 남은 여생은
고통과 권태 사이에서
몸에 새겨진 시간표대로 흔들리는 시계추다

삶에 한줄기 비상구 없이
거대한 격랑 속에 평생 도돌이표가 되어
덩그러니 방에 유폐된 번뇌의 시간

흔들리는 절망의 늪에서
내 마음의 면역을 기르는 일시적 환호는
찰나의 힐링이요
깊은 연민의 진통제에 불과할지니

나의 실존적 영웅은
담대한 첫걸음을 밟는
바로 나의 여기와 지금이라

꽃에도 상처가 있고
어떤 우주에도
삶의 깊이와 무게가 같은 밤은 없으니

각자 풍화한 아픔의 화석을
현재를 봉인해 미래로 던지는 출구는

저 멀리 구름 위에 있지 아니하고
나날의 작은 나의 일상 안에 있나니

나의 평범한 삶의 진실을
마음의 등불로 구원할
고슬고슬한 처방전과 영웅은

오로지 나 자신임을
액자처럼 걸린 창문을 바라보며
또 다른 갱어 셀프가 섬광처럼 폭로하노라

또 하나의 시작

딱히 화창하다 할 수도 없는 이런 날
황사를 동반한
날 선 바람 한 조각이
요즈음 부쩍 좁아진 내 어깨를 툭 치고 달아난다

갑자기 시간이
내 좁은 방의 경첩에서
빠져버린 것처럼

화사한 꽃들이
낙화하는 것을 바라보면서
새삼 차마고도와 같은 마음을 갖게 된다

횅하고 나뒹구는 시간처럼
인생도 언제든 지쳐서 쓰러질 수 있지만

어쩌면 고난은
행복으로 가는 환승권일 수도 있기에

나는 윤기 나는
희망의 긍정 코드로 변속한다

화려한 꽃으로
잠시 사는 시간보다
'꽃'이 진 후 꽃을 떠받친 '잎'으로 사는 삶이
더 길고 진솔한 인생이듯

꽃이 지는
바로 지금부터
치열한 삶이 시작된다는 것도
비로소 깨닫게 된다

되돌아보니
여러 겹의 포장지로 감싼
꽃이나 우리의 삶이나

그 어디에도
신분 라벨이 붙어있지 않음을 알기에

울창한 송림이 병풍처럼 펼쳐진
대모산 중턱에서
오늘도 빈 가슴을 열고
생각해 보았다

푸르고 달콤한
산 공기와 완연한 봄바람이
'정신적 당뇨병'에
움츠렸던 몸과 가슴을
환대하며 치유해 준다

오만한 우울증

허들 경기처럼
매일 문턱을 품고 사는 우리의 삶

오지 않은 것은 절망이지만
그래도 무언가를 기다리는 것은
희망이라고 하지 않았던가

소년의 시간은 가고
어느덧 어른의 시간이 되어
누구든지 무엇이나 할 수 있다는
우리 시대의 초과잉 긍정 문화는

자정 무렵 막차에 몸을 욱여넣듯
주체로서의 자아인 나를
너무 힘들게 수직으로 과소비한다

희망으로 포장된
개인의 추악한 욕망을 부추겨

나 자신을 무한 채찍질하게 만드는
고층 사다리 에스컬레이터 시대

나는 착취하는 가해자인 동시에
피 흘리는 현실적 생태계의 피해자가 아닌가
흠칫 고개를 들면 깜깜한 벽에 갇혀 있는 나를 발견한다

외부의 위협이나 억압과는 관계없이
방전될 때까지 무한 구동하는 나는

절묘한 빛과 그림자를 배합한
몰인격의 AI인가
아니면 오늘도 버거운 하루의 기적을 시도하는
숨 쉬는 역동의 호모사피엔스인가

저마다의 삶의 무게를 잿빛으로 그린
서사는 묵직하고 애수는 깊어진다

고질적 질병

부모 찬스 없이
오직 나의 능력과 성과를 통해서만
나의 존재감을 입증해야 하는 나는

지금 내 레몬에
더 짜낼 즙이 남아 없음을 모른 채

찬란한 5월의 신록도 마주하지 못하고
좌절감과 상실감을
온몸에 끌어안고 있으니

급기야 정신과 문턱을 드나들어야 하는
우울증과 공황 장애 환자가 아닌가

이는 비단 나만의 질병인가
아니면 강철 비 속에서 살아남기 위해

지난 삶의 궤적을 압축한
우리 시대의 고질적 병마인가

오늘 저음으로 소리를 내며
수직으로 쏟아지는 폭우는

중력을 거슬러 솟구치는
나한테 내리는
준엄한 경계 죽비竹篦인 듯하다

비가 영혼을 축축하게 적시니
가수 황가람의 노래 '나는 반딧불'의 가사가
새삼 내 인식의 낙차를 좁혀 준다

새벽을 모르는 '남의 가난'

가난을 청빈이라 호도하는 그들은
포식자의 새벽을 모른다

아직 밤도 채 끝나지 않은 시간에
침묵을 깨우는 건

택시 기사의 매캐한 마른 기침이고
쿠팡 상자 위에 맺힌 거친 숨의 서리이며
미화원의 옷깃으로 스며드는 얼음 같은 어둠이다

치열한 삶의 냄새를
맡아본 적이 없는 자들이
남의 고단을
문학적 소재로 차용할 때

그것은 남의 삶을 예쁜 인질로 묶은
위선적 교양의 가면일 뿐이다

가난은
꿈 대신 생계를 들고 뛰게 하고
피곤을 베고 잠들게 하며
영혼을 조금씩 갉아먹는
삭은 고엽제다

누군가는 오늘도
가난을 미화하는 창백한 글쟁이들의
은빛 펜 끝 아래서
새벽 인력시장으로 달려가고 있다

가난을 미화하는 것은
'남의 가난'일 때만 아름다운
도덕적 화장품의 다른 이름이다

나는 오늘도
새벽의 칼바람을 기억하고 있다

생각의 사치

매일 아침 7시가 가까워지면
그들과 가벼운 눈인사를 나눈다

나는 아침 체조를 마치고 산에서 내려오고
그들은 자연과의 교감을 위해 올라오는 중이다

60대 후반의 헝클어진 은빛의 엄마는
30대 초반의 눈이 먼 딸의 왼편 팔짱을 끼고
조심조심 산에 오른다

생의 외경이다
서로에게 천천히 물드는
엄마의 성스러움에
세포 마디마디가 격하게 전율한다

오늘 실존하는 젊은 노년과
푸른 하늘을 볼 수 있는 건강함에
그리고 나락의 상처를 재생시키는 가족이 있기에

나는 통통 뛰는 생동감으로
일상의 사소함을 즐긴다

아련한 낭만을 적시는 비틀즈의 올드팝이 있고
사돈 형님이 보낸 황매 향기의 진한 소리가 있으며
빨간 옥비녀보다 고운 짙푸른 나무 터널의 자연이 있으니

내 비록 세월의 강 건너
노년의 산 중턱에 서 있지만
서정과 흥겨움의 정서만큼은 힘껏 급발진해야겠다

물 잘든 단풍은 봄꽃보다 아름답다 했으니
찬란한 황혼의 삶을 단풍처럼 물들이기 위해
신발 끈을 다시 동여매야겠다

얼마 있으면 우리 가족으로 입양될
아기 댕댕이를 기다리며

제4부

돌아갈 수 있는

한 채

어두울 수 없는 밤

돌이켜보면
물을 가르고 온 것 같이 허망한
절망의 남편을 향한 아내의 공명이
불꽃 같은 열정을 담은 딸과 아들의 손길이

극한의 신산한 얼음장 같은 삶에
강철 비 속 호위무사가 되어
오늘의 희망찬 변화로 만들었다

아내와 함께
행복한 미래를 꿈꾸며
허겁지겁 달려온
지난 40년여 세월의 순간순간이

서로의 동공 속으로
투영되고 잠기며 적시는
바로 기적 그 자체였다

어렵고 험난한
굴곡진 고난의 길을
주저 없이 달려가는 길

굴곡지고 분절된 혼돈의 가장은
바위처럼 강인하고 강물처럼 유영하게

이제는 마음에 달라붙은 질환을 환하게 밝히는
그 무엇이 되어 어두울 수 없는 밤을 약속한다

이 시간
별 무리 사이로 사랑의 빛줄기가
온몸에 쏟아지는 인적 드문
매봉산 자락에 서서
불꽃 빚어내는 밤 풍경을 바라본다

소중한 가치

오늘도 얽히고설킨
주름진 마음의 실타래 속에서
퍼즐처럼 고단한 하루를 보냈을 울 엄마

아무도 없지만
아무것도 없는 것이 아니듯

울 엄마가 지닌
삶에 대한 따뜻한 시선은
최고선의 소중한 가치와 상징 자산이 된다

천국의 아버지가 준 선물은
마음속에 자리 잡아 스펀지처럼 빨아들여
서로가 보듬어줘야 할
인생 항로의 자양분이 된다

저마다의 슬픔은
돌아오는 끼니처럼 매번 다가오지만

어떠한 시련과 좌절에도 꺾이지 않는
실천적 지성과
극강의 의지가 견인하고 있으니

갑자기 선물처럼 찾아온
사무실 골목길에 핀 흰 목련을 보며
울 엄마의 반짝이는
꽃 시절 리즈를 회상해 본다

지나가는 행인들의 입가에
밝은 미소가 번지고
달빛은 온 길가에 라일락 향을 흩뿌린다

그 무엇이던가

그리움이 무엇이던가

별빛 밤 고요한 저 산 능선에
내 몸을 담그고
그댈 위해 들숨과 날숨을 반복하며
사무치게 연습하는 것이 아니던가

진솔한 사랑이란 또 무엇이던가

마음 안쪽 깊은 곳에 뭉클해지고
양 볼에 노을빛 홍조를 띠며 공감하는
뭐 그런 맑은 샘물 같은 것이 아니겠는가

비수 같은 언어와 냉기 서린 세월을
매일 등짐을 지고 올라가는 새벽 5시

매봉산 정상 위 하늘에 뜨는
태양같이 아름답고

눈부시게 영원한 광휘의 빛

뭐 여명 같은
그런 것이 아니겠는가

휘적휘적 수백 년을 건너온
울창한 소나무를 보면서

꿀잠을 자고 있을
가족에 대한 애정이
별사탕처럼 반짝인다

너를 만남이 진정 우연이겠는가

수십 년을 관통하는
동고동락의 일상이
어디 진정 우연이겠는가

모름지기 부부는
서로 생각의 키를 맞추고
꿈을 맞추고
간이역과 목적지도 맞춘다는데

삶 속에 깃든
파리한 빛을 발견하고
그렇게 지지고 볶고 살다가

한번 일별한 세월은
영영 돌아오지 않는 것을 뻔히 알면서

생애의 내릴 역에 다다르면
눈빛과 숨결 신호 하나로

서로의 인생 초본을 들여다보며
내리는 것이라는데

부부는 뭐
그런 것이 아니겠는가?

진정 고개를 끄덕이는가
팝송 가수 패티 페이지의 '체인징 파트너스'처럼
가슴이 먹먹한 시간의 고동 소리가 멈추고

한 시대가 저무는
가슴 뛰는 영원한 올드팬, 나의 아내야

그녀의 하루

그녀는 누구에게도 알리지 않고
사랑을 옮기며
순례하듯 산에 오른다

딸은 그녀의 시간보다 조금 느리지만
그녀는 딸의 발걸음을 기다린다

그녀는 딸의 두 손을 붙잡고
자신이 사라진 세상을
딸이 살아갈 수 있도록

역풍에도 피는 배추꽃처럼
한 그루의 나무가 되어
오늘의 햇살을 주워 비춰준다

세상 모두가 등을 돌릴 때
그녀는 등을 내어주고
그 등에 업힌 딸은

아직도 별을 그리는 중이다

그러나 '느린 작은 새'는 안다
엄마가 왜 매일 산에 오르는지
왜 종일 내 이름만 부르는지

그리고
따뜻한 엄마의 등이 사라지면
세상의 온도가 너무 추워진다는 것을

망팔望八의 그녀는 매일
제자처럼 무릎 꿇고 기도로
50대 초반의 딸을 안는다

얼마 남지 않은 자신의 노년을 다 접어
딸의 시간을 꿰매는 일
그게 그녀의 하루다

내 삶의 빛나는 별

난 그냥
텅 빈 허공을 향해
이름 한번 살짝 품어봤을 뿐인데

어느새 너는
한 편의 시가 되어
퉁퉁 부은 눈으로 우리들 사이를 걸어 다닌다

감옥 같은 삶에 꽃을 피우고
폐부 깊이 파고든
실핏줄 같은 기억들

마음의 손때 흔적이 묻어 있는
지금의 지친 삶에

잠시 일시 정지 버튼을 누르고
중력을 거슬러 솟구치는
내 삶의 빛나는 별을 생각해 본다

쫀득한 아몬드 쿠키에
쌉싸름한 에스프레소 조화처럼

내 안에서 만들어지는
희망과 각자의 감정을 즐기고
결연한 내면을 형상화한다

여운이 남는
달달한 밀크티 같은 이 시간
눈에서 가열된 내 삶의 빛나는 별이
액화되어 그을린 눈가에 고인다

어이 할거나, 어이 할거나
오늘도 추억의 공간은 무장 해제되고
한여름 밤의 꿈은 깊어만 가는데

144

오빠의 존재

셋째 오빠는
가뭄에 대지를 적시는
때론 고마운 비바람이다

하지만 함께 익어가는
세월의 그 바람은

장마철 장대비가 되고
급기야 내 호흡의 틈까지 파고들어
내 삶을 흔들고 젖게 한다

나는 엄마의 마지막 2021년 가을을 지키며
내 젊음을 덮어두었던 조용한 달빛이다

나는 그 달빛이
바람에 흔들리는 게 싫어서
오빠의 발자국이 들릴 때면

나도 모르게
내 존재의 흔적인 그림자를 꺼내
바닥에 길게 누인다

엄마의 '동생 챙기라'라는 생전의 목소리는
어쩌면 오빠에게는 책무일지 모르나

적어도 내게는 영혼의 상처를 긁는
날카로운 발톱 같다

하지만 셋째 오빠의 지나친 관심과 배려도
결국 나를 위한 또 다른 형태의
가족애 발현이라는 사실도 알고 있다

지금 이 시각 창밖은 영하 5도
그럼 나는 어찌해야 하는가
강물에 내 마음을 씻어 햇볕에 널고 싶다

(동생으로 빙의한 오빠가 쓰다)

외딴섬 아빠

한때 그는
가정이라는 소우주의 중심이었다

직장에서 손때 묻은 소지품을 챙겨 나온 이후
그는 가정의 외곽 궤도를 떠도는 표류자가 된다

가족의 파도는
엄마를 향해 출렁이고

자식들은 엄마 영혼의 탯줄 자장 내에서
세상의 모든 좌표를 읽는다

아빠의 말이 먼 행성의 전파처럼
들릴 듯 말 듯 흔들려도

그는 하루에도 몇 번씩
다 식은 별이 된 자신의 그림자를 닦으며
가족의 등대를 밝힌다

자식들의 배가
그리고 아내의 꿈이
언제든 길을 잃지 않고 돌아올 수 있도록

오늘도 외곽의 위성은
말은 엉키고 생각은 끊기지만
추억의 공간을 끄집어내며
미래시제의 소망에 물을 준다

그렇게 오늘도
외딴섬의 하루는 어둠에 잠긴다

근육이 재산

예전부터 들어온 말이 있다
밥과 국에 김치만 먹어도
무병장수한다는 어르신들의 얘기다

그런데 참 이상하다
별다른 질환이 없는데도
기운이 없고 식욕도 떨어지고 체중이 준다

딸아이한테 물어보니
노쇠 때문이고 근감소증 때문이라고 한다

살아갈 땐 무심하게 걷는 것 같아도
살아보면 맥도날드 햄버거보다 빠른 속도로
달린 것 같은 세상의 속도

삶의 음계를 조절한 삶과
경력 마일리지로 쌓아온
내 주위의 그 많던 근육들은

이제는 풍선 근육이 되어
어디로 다 사라진 것 같다

유일한 권력의 상징이요
도돌이표 삶의 애환을 위로한
유일한 금융 치료제 내 월급봉투는
이미 그 자취를 감추고

눈 치켜뜬 아내의 혀끝이
새로운 권좌임을 알기에

나는 옷 사러 백화점 8층은 안 가도
단백질 사러
지하 1층 식품 코너는 간다
싱싱한 고등어, 소고기, 돼지고기, 닭고기 사러

깊이울 계곡에서 길을 잃다

발아래 펼쳐진
초자연의 나이테와 계곡 산바람이
전신에 파고든다

파란 물감을 풀어놓은 듯한 하늘과 산
그리고 계곡에 휘몰아치는 색 대비는 천연 보습제다

'깊이울' 계곡 위의
물과 햇빛이 빚어낸 신비의 윤슬은
어느새 백남준 비디오아트가 되고

지저귀는 새소리와 춤추는 나뭇잎은
요한 슈트라우스 2세의
'아름답고 푸른 도나우강' 왈츠가 된다

천년 초목이 뿜어내는 피톤치드와
세월의 두께만큼 쌓인 숲속의 촉감에 취해

나는 황급히 새 소리와 바람 한 움큼을
배낭에 꾹꾹 눌러 담고
왕방산 자연 세제 한 스푼으로
몸속 찌든 때를 씻겨낸다

침묵하면 들을 수 있는
꽃과 나무들의 은밀한 속삭임

일행과 사유를 공유하며
쌈 싸 먹는 상추 속으로 역주행하는
어느 초로의 여성 회원과의 은밀한 눈빛은
오늘 산행의 또 다른 곁가지다

여기는 한여름 알탕의
별유천지비인간別有天地非人間
경기도 포천 왕방산 '깊이울' 계곡 무릉도원이다

그러니까 누가 그러래?

뾰로통한 얼굴로 현관문을 열었다
"무슨 일 있었어?"
눈치 9단 아내가 턱 묻는다

난 아무런 대꾸도 하지 않고
내 방으로 들어갔다
하루 종일 심심했던지
뒤쫓아온 아내가 집요한 베테랑 수사관이 된다

"무슨 일 있긴 있었나 보네, 내 말이 맞지?
귀신은 속여도 내 눈은 못 속여"

아파트 출입문 열어주고 양보한 것과
엘리베이터 기다려 준 것
상대방은 당연하다는 듯 말 한마디 없이
그냥 내 앞을 통과하더라는 등 미주알고주알 털어났다

"누가 그러래? 지난번도 얼굴 붉혔잖아
내가 몇 번이나 말했어? 그냥 기대하지 말고 하든지
아니면 하지 말라고 이 인간아"

선한 마음으로 양보하면
그걸 포기했다고 생각하는 사회
양보한 자가 때론 패배자로 치부되는 세상

뭘 바라고 양보한 건 아니지만
감각적인 과부하가 이어지는 그런 현실이
나를 우울하게 한다

양보는 아름다운 미덕이라고
양보는 빛을 솜처럼 머금은 온기라고
백날 가르치면 뭐 하나

개뿔, 현실에서는 그을린 사랑처럼
결코 아름답게 평가하지도 않는데

여름날의 콩국수 호명

올해도 어김없이
삼겹살 불판 여름이 찾아왔다

청양고추 모드 날씨로 수척해진
몸과 영혼을
조심스럽게 재충전할 때
콩국수는 나의 여름 시그니처 메뉴다

고소한 콩 국물과
시원하고 쫄깃한 면발
얼음조각 동동과 담백하고 슴슴한 맛

눈도 입도 쌍으로 흥겨운 엄지척
추억에 남고 입에서 퍼내는
나만의 1인 먹방 시간이다

4년 전 가을 갑자기
예정에 없던 편도 천국 여행 떠나신 엄마가

눈물겨운 그리움으로 소환된다

'셋째야
니가 좋아하는 콩국수 했다
와서 먹어라'

엄마의 진한 손맛이 환청이 되어
콩국수 그릇에
여러 겹으로 어른거린다

입안을 이불처럼 푹 감싸는 기억은
추억의 원소가 되어
벌써 흥건히 침이 고인다

행복한 고통이다

돌아갈 수 있는 한 채

비를 피해 달려간 처마마다
물이 뚝뚝 새고

어둠과 추위를 피해 두드린 집마다
문은 겉보기보다 얇아
쉽게 닫힌다

소리 내 울지 않아도
속에서 흥건하게 젖는 이들
가족의 또 다른 이름이다

가족은 때론
거칠고 무례하지만

결국은 가장 오랫동안
허기진 나를 견디게 한 사람들이다

친구는 함께 웃다 흩어지고
승자의 율법이 지배하는 세상은
함께 울기엔 너무 바쁘다

내 곁에
마지막까지 남아주는 사람은 단 하나

내가 돌아갈 집은
새벽 달빛 아래
언제나 그 자리에 있는

전류 머금은 코일처럼
찌릿찌릿한
가족이라는 집 한 채다

처녀 시절처럼

아내가 말하지 않아도
나는 들을 수 있고
느낄 수 있다

아침의 커피 향이
조금 더 진해졌다는 것까지

사랑이란 거룩한 이름으로
거룩한 사랑을 흠집 내지 않는다

나는 아내의 내면에 담긴
사색의 흐름을 방해하지 않고

그녀가 투명한 공기를
마음껏 향유할 수 있도록
단지 방향을 지켜보는 눈이 될 뿐이다

부부로 함께 산다는 것은
둘이 평생 같은 것을 바라보며
서로의 존재를
공중하고 인정하는 일임을 알기 때문이다

나는 그녀가 피고, 지고
그리고 다시 피는 동안

시가 되고 그림이 되는
풍경 속 그녀를
한곳에 머물지 않는 꽃으로 받아들인다

처녀 시절처럼
그 자유로움이 아름답기에

하늘의 거울, 추석 보름달

내일은
햇살조차 노랗게 익는
추석이다

달이 된 항아리 하나가
저리 둥실 떠 있는 집집마다
밥상 위의 송편은
반달 미소를 머금고 있지만

세대 간의 대화는
서로 다른 이방인의 언어로 송출되고

말과 시선은 모서리마다
부딪히고 찢겨
도자기 파편처럼 흩어진다

부모의 눈빛은
보신각 종소리처럼 길고

자식의 대답은 번개처럼 짧다

하지만
세대와 이념의 골 위에
찢어진 마음도
풍요로운 은빛 토끼 달빛으로 이어지니

올해 을사년 추석은
그리움이 서로에게 다가와

상처 위에 다시 피어나는
희망의 둥근 한가위가 된다

꿈을 저당 잡힌 영혼들

은빛 물결 일렁이는 청명한 하늘 아래
만추의 가을빛이 완연하다
이런 표현조차 사치인 이들이 우리 곁에 있다

하루하루 발등에 떨어진 불이
눈썹까지 타오르며
슬픔의 웅덩이 족쇄에 갇힌 아이들

조부모나 부모의 간병과 생계를
책임져야 하는 10대 가장
소위 '영 케어러'가 바로 그들이다

친구들과 어울려 BTS와 케데헌을 얘기하고
수다 떨며 떡볶이 사 먹는 일상조차 사치인 그들

미래의 젊은 꿈을 전당포에 맡기고
오늘도 하루 생계비를 벌어야만 하는 이들에게
'네 꿈을 펼쳐라'라는 노랫말의 가수 양희은楊姬銀은

순간 투명 인간이 된다

우리들 근처에서 살지만
사실은 멀리 격리된 벼랑 끝 외딴섬에 사는 그들

그들은 오늘도 얼굴에 염기를 흘리며
머리를 감싼 영혼의 모음으로 묻는다
'나는 어찌해야 하는가?'

피상적 오감에 젖어
산고의 진통 없이 너무 쉽게 쓰인 시가
불에 덴 상처처럼 쓰라리고 부끄럽다

황금빛 은행잎 비가 앞을 가리는
숙명여고 담벼락을 거닐면서
눈부시게 찬란한 가을 하늘이 오히려
내 마음을 젖게 한다

부부에 대한 상념

어느 날 외로운 섬 하나가
새벽녘 신열을 앓듯
언어가 닿지 않는 의식의 외피에서

중력보다 오래된 태고의 끌림으로
다른 섬을 향해 미세하게 기울기 시작한다

어쩌면 각자는
운명적으로 기울어 있었던 건지도 모른다

그것이 우연이든 필연이든
그들은 수많은 길목의 여정에서
서로의 과거가 되고
현재가 되며 미래까지 조금씩 빌려 쓰기도 하며
삶의 마일리지를 쌓아 간다

한 존재가 다른 존재와 삶이 겹쳐진다는 것은
우연이라고 부르기엔

신의 필체처럼 너무나 정교하다

어쩌면 부부란
서로가 서로를 선택한 것이 아니라
이미 오래전부터 예정되어 있었는지도 모르겠다

출가한 딸아이가
배달 주문한 삼계탕을 앞에 두고
오랜만에 집에 온 아들과 박장대소하는 아내를 보며

깊어가는 만추의 저녁에 느낀
남편의 마음속 일렁이는 수채화다

166

흔들리지 않는 식탁

가장 오래된 기억, 가족

서로의 머릿속에 수갑을 채우며
이념과 종교가 갈라치기 하고
말이 면도날 생채기를 낸다 해도

결국 우리는
둥근 밥상에 앉아
같은 반찬에 손이 간다

엄마는 여전히
굴비 반찬을 내 앞에 밀어주고
아버지는 맛없는 반찬에만 젓가락이 간다

세상이 분열되고 흔들릴 때도
숟가락 젓가락 소리로 마음을 나누며
식탁만은 흔들리지 않는다

때로는 아프고 원망스럽지만
사랑의 방식까지 달랐던 것은 아니기에

돌아갈 수 있는 이름
그게 바로
밥상에 적립된 질량 가득한 가족이다

신념보다 따뜻하고
진실보다 오래되어
가슴이 벅차오르는 그것
말보다 먼저 등을 토닥이는 그것

나는 그 이름을
'식구'라고 부르고

또 다른 이름
'작은 밥상의 평화'라고 부른다

168

제5부

인생은 행복 시간의 총량제

사랑을 연애하다

벚꽃보다 일찍 일어나
커튼을 젖히니
봄을 부르는 파란 숲 냄새가
와락 달려든다

알록달록한 색깔이
추억을 공유하는 애착의 대상이 되고

강렬한 옛 노스탤지어가
주저리주저리 머리에 쌓여
한껏 부푼 꽃망울로 서정을 견인한다

사랑을 연애하는
이 찬란한 시간

끊을 수 없는 달콤함이
옷자락을 헤치며

기억의 아카이브에서
행복을 서사한다

오늘도 허기진 마음 빈 채로
영혼이 저당 잡힌 하루는
조각 석상의 두 눈처럼
움직임이 없다

그래도 삶의 모든 추억이 묻혀있는
땀 냄새나는
일상의 보석상자는

라일락 꽃 그물에 덜컥 걸려
스프링처럼 튀어 오른다

내겐 그런 딸아이가 있다

새벽을 품은 영롱한 보석
아침이슬처럼

어둠을 밀어내며
매일 아빠 맘속에
새롭게 빛을 낳는 존재
그런 딸아이가 내겐 있다

딸아이와 함께 있으면
어깨 위에 있는 모든 중력이
빛으로 산란된다

고희의 나이에
우울증과 공황 장애의 늪에 빠진
아빠의 삶에
초 긍정적 주문을 걸고

다시 걷게 하는 모멘텀의 존재
그런 딸아이가 내 곁에 있다

아마도 딸아이의 발걸음에는
매일 새로이 빛을 갈아 끼우는
철갑상어 알처럼 귀한
가장 오래된 미래가
숨어 있는 것 같다

아빠 마음 깊은 곳의
맑은 샘 같은 그런 존재

내겐 사슴 눈을 가진
그런 딸아이가 있다

노인이라고 가슴도 늙었겠는가

누군가는 내 손등을 보고
세월이 느껴진다고 하지만

내 주름은
시간의 붓이 덧칠하여 만든
아름다운 자수刺繡이자
세월의 눈부심을 견디며 살아남은 훈장이다

어느새 70대 초반에 걸려 있는 인생
공평한 이 가을 햇살 속에서
이제는 병원 대기실조차
마음에 묻고 바람 따라 쉬어가는
쉼터가 된다

비록 지갑은 가벼워졌지만
가을볕은 불필요한 체면과 허세를
소거하는 삶의 신비가 있다

언젠가 멈춰 보낼
내 인생의 시간을 짚어보며

오늘도 나는
자발적 불편을 즐기는
시간의 공방에서

유쾌한 늙음을 다듬으며
나를 연금錬金한다

감히 누가
낭만의 달빛 언덕에서
아름답게 익어가는 늙음을
천형이라 했는가

바로 옆집, 바로 윗집, 바로 아랫집

아무도 모른다
서로 알려고도 하지 않는다

서로의 존재를
문고리로 걸어 잠그며
엘리베이터 버튼에만 잠시 손끝이 스칠 뿐
눈은 스마트폰에
귀는 블루투스에 함몰되어 있다

초인종은 의심의 버튼이 되고
불필요한 웃음과 호의는 불쾌감으로 오인된다

그러다 바로 아랫집에서
세상의 끝처럼 울려온다.

"죄송한데요, 위에서 딸아이 방 쪽에 누수가…"
한참을 망설인 흔적이 묻어나는
중후한 저음의 목소리

이웃의 처음은 모자이크처럼 낯설지만
곧 익숙한 얼굴이 된다
술 취하면 가수 정태춘의 '떠나가는 배'로 주위를 평정하던
대학 동창 바로 그 친구다

꾹 눌러쓴 몽당연필 글씨처럼
한때 함께 웃던 시간이

지금은 결로처럼 창에 맺히고
기억은 누수가 되어
배수관을 타고 뚝뚝 흘러내린다

도어락은 견고하지만
우리 모두가 자초한 고립은
아픔의 화석이 되어
아주 천천히 스며들며 침수되고 있다

별이 빛나는 밤하늘

거대한 투명 날개를
목도한 어린 시절

내가 꿈꾸는 세상은
과연 어떤 모습으로 우리 곁에 존재할까

살다가 결코 흙먼지가 될 수 없어서
살면서 결코 불쏘시개 땔감이 되기 싫어서

때론 서러워서 왈칵 쏟기도 하고
때론 인생을 풍화한 삶 속에
눈부실 때도 있었지

오늘처럼 비가 추적추적 오는 날이면
폐지처럼 눅눅해진 외로운 나였지만

별이 빛나는 밤하늘은
늘 나를 꿈꾸게 했고

설렘과 다짐으로 중력도 거슬렀지

세월은
노선버스처럼 어김없이 스쳐 가고
헬스장의 러닝머신처럼 지루하기도 했지만

순수하고 아름다운 삶의 궤적이
한편의 서사시와 사자후로 다가오면

나는 마음 저편에 꼭꼭 숨겨둔
'아바'의 음반을 골라
잠시 영혼의 쉼터에 다릴 꼬기도 했었지

하얀 새벽이 보일 때까지

문틈 넘어 멈춘 벨소리

고층 사다리에 실려
서러운 이생의 삶이
하나둘 아래로 내려지고 있다

한때는 웃음으로 채웠을지도 모를
오래된 소파와
미처 나누지 못한 말들이 걸려 있을지도 모를
먼지 쌓인 장롱까지

전화벨도, 현관의 인기척도 없는
20층 창문 너머의 80대 영혼은
혼자 쓸쓸히 삶의 막차를 타고 떠난다

고독사를 통보하는 문틈의 메시지는
오래된 육신의 체취로 전해지고
앰뷸런스와 소방차와 경찰차만이 분주하다

이제 그의 마지막 숨은
어둠의 이웃 이야기가 되고
우리 모두의 오래된 방에
그림자를 드리워 놓는다

언제부턴가 가족이라는 애틋한 단어는
자꾸만 멀어져 가는 별처럼 희미해져

피자집 쿠폰보다 더 못한
존재가 되어 가는 것 같다

사다리차가 삶을 거꾸로 고백하듯
짐이 아래로 내려오는 광경을 지켜보자니
마치 실존의 늪에 버려진
이웃의 짙은 흉터를 본 것 같다

누가 아이들을 감자칩으로 만들었나

아이는 그 또래 나름대로
갈등을 겪으며 인내의 여과지를 통해
성숙의 기술을 배운다

오늘 싸운 짝꿍과 설사 오리 입을 했어도
서로 마음 한쪽에 반창고를 붙여 주며

그 다툼이
생채기 싸움이 아닌
봄날 새살이 돋아나는
성장의 과실이라는 사실도 깨닫는다

어른 세계의
고통과 상실이라는 독성을
그들은 조금씩 맛보며
면역력을 키우는 시기다

우리가 상속받은 최고의 유산은

부서지는 아이가 아니라
단단한 아이로 성장하는 역경 극복의 절대 유전자다

스낵 과자 내용물보다
그 봉지 속 질소만 가득 채운
유난스러운 헬리콥터 부모 때문에

심지어 치약 짜는 거 하나까지 간섭하는
극성 부모 때문에

어느새 우리의 아이들은
바스러지기 쉬운 감자칩이 된다

제철에 개화하지 못해
철분이 부족한 아이들의 왜곡된 성장

햇빛 아래서도
그림자조차 생기지 않고

자동문 앞에 서도
문이 열리지 않을 불안감에 사로잡힌 아이들

건강한 일상의 성장통을
질병의 트라우마로 오독할 때
우리는 그 아이가 끝내 어른으로 성장할 수 없음을 안다

그럼 도대체 누가
자라면서 겪는 당연한 통과의례를
치료의 영역인 트라우마로 읽기 시작했는가

나인가, 너인가
아니면 우리 모두의 공동체인가

어린 시절
아들의 속을 풀어주고 달래주던
북엇국 같은 천상의 엄마를 떠올리며

버들 흐드러진 5월의 봄에 던지는
이유 있는 의문이다

딸과의 비타민 산행

오늘은 월요일 오후

아빠가 옆 동네로 이사 온 딸아이네
자원봉사하러 가는 날
재활용 분리배출과 세탁소 들러 장 보러 가는 일

"아빠, 우리 매봉산 갈까?"

일상의 양념 같은 달달한 시간
한껏 고무되어
둘은 발맞추며 근처 산에 오른다

선선한 산바람과 풀잎 비타민
그리고 숲속의 힐링캠프

가벼운 웃음소리와
양 볼에 노을빛 홍조를 띤
딸아이의 사뿐사뿐 발소리

나뭇잎 풀잎 사이로 내려오는 햇살
딸아이와 내 몸에서 번지는 하얀 수증기

평생 벗하며 살아갈 매봉산
오늘도 빈 마음
가슴에 안고
내 삶의 빛나는 별과 손잡고 내려왔다

딸아이의 그 맑고 밝음이
내 안으로 들어온 하산길은
여름날 시원한 사이다 마신 듯하다

간식으로 배달시킨 딸의 KFC는
오늘 갓 구워 생산한
프리미엄 행복의 보너스다

한 송이 연꽃에도 우주가 있다는데

오늘은 4월 초파일

연등에 타오르는 불꽃처럼
가슴 깊숙이 안으로 삼켜지는
비구니의 처연한 목탁 소리

사찰의 둥근 종소리
내 마음의 치성 소리

한 송이 연꽃에도 우주가 있다는데
안개 자욱한 사바세계에
시루떡처럼 첩첩 쌓인 백팔번뇌여

누군가를 향한 마음이
풍화되지 않은 불심으로 소복이 쌓여

팝콘처럼 터지는 연꽃 마음이 되고
내 안의 자비로 승화되어

인고의 세월을 견딘다

향기로운 꽃 파도는
시각 언어로
부처의 문장을 만들고

지나가는 불자는
초연히 가부좌를 틀고
연화 반석 위 석가를 흠모해 본다

내 안에 스며 만들어지는
내 마음에 뜨는 달
가슴에 모시고

느끼려 하지 않아도 스미는
부처 미소는
내 마음의 편의점 부처 퍼포먼스다

복리 행복 놀이

나는 매일 마음속에
절벽 하나를 깎아 만든다

얼어붙는 산바람이
뼛속까지 스미는 인수봉
숨을 가다듬고 나를 가만히 떨어뜨린다

절절한 기도는
낙하산이 되고
절박한 영혼의 끈이 되어
침대의 포근한 요가
내 등뼈를 품어 준다

오늘은 눈보라 치는
서울역 근처 아스팔트 위에서 노숙한다
길바닥이 등판을 떠밀어
하늘로 올릴 만큼 차갑다

따뜻한 방 한 칸만의 소원을
저금통에 넣는다
문틈으로 들어온 겨울 햇살이
이미 내방 창가에 반쯤 들어와 있다

이렇게 하루에도 몇 번
가상 불행에서 빌린 원금을 입금하고
감사라는 절대 이자를 받는다

고희를 훌쩍 넘긴 내 삶의 계좌에는
하루의 시간표가 풍성해지고

작은 온도의 기적들이
매일 행복의 복리 이파리로
가상 계좌에 쌓이고 있다

이제는 느림의 미학을 실천하고 싶다

신기루 좇던 헛헛함을 경험하고
그림자마저 잃어버릴 정도로
고속 달음질한 지난날들

이젠 더 이상 헛된 욕망에
잠식되지 않고 느리게 흐르는 시간을 품으며
강태공이 되고 싶다

나뭇잎에 일렁이는 햇살처럼
고즈넉한 일상 속에
내면의 성숙을 고민하며
울타리 없는 무정형의 삶을 살고 싶다

타는 노을빛으로
저마다의 행복을 갈구하며
유한한 삶을 이어가는 역사 뒤편의 우리들

보헤미안 정서를
온몸에 듬뿍 칠하고
느림의 미학을 실천하려는 나는
불필요한 욕망을 가질 그럴 시간이 없다

'요새 당신 왜 그래, 투지도 욕망도 없는 사람 같애.
당신 욕망하면 한 욕망 했잖아'

내 방에서 멍때리고 있는 나에게
아내가 툭 던진다

'욕망 같은 소리하고 있네.
있는 재산 다 말아먹고 개뿔,
뭐라도 있어야 욕망에 불을 지피든지 말든지 하지.'

총알같이 반사적으로 튀어나오는
휴머노이드 AI 대답
물론 들리지 않을 정도의 데시벨이다

194

훨훨훨

자기 연민에 구속받지 않고
마법같이 청량한 삶의 고집

그 누구도 뺏지 못하고
그 누구도 침범할 수 없는
내 마음속 깊은 곳의 그 어떤 것

이리 중첩되고 저리 굴절된
가슴 후벼파는 그 어떤 것은
때론 겨울의 끝을 알리는
푸른 희망으로

또 그 어떤 것은
격렬한 감정의 파도와
나를 견인하는 자기 존엄으로

그리고 또 어떤 것은
유폐된 혈관 속 흐르는

자유를 향한 타는 목마름으로

하늘을 품은 독수리가 되어
오늘도 생각의 지층을
아삭아삭 걷는다

자기 존엄함이 견인하기에
설사 생화가
갑자기 드라이 플라워가 돼버린다 해도

나는 산소 같은 삶이 묻어나는
존재의 노래를 부르며
진정 훨훨훨 훨훨훨 하리라

삶이란 그렇게 흘러가는 것

되돌아보니
꽤 먼 거리를 온 것 같다

인생이 한나절 해처럼 짧았다면
과연 우리네 삶의 무게가
돌덩이처럼 무거웠을까

어찌어찌 지나온 삶도 짧지만
무게 없은 얼굴로
살아가야 하는 인생은 더 짧다

거친 삶의 파도와 직면하며
한때는 기쁨의 꽃밭에서
또 한때는 슬픔의 폐허에 서서

절박한 삶의 순간을
숙명처럼 견디고 보낸 기억 속 접힌 세월

그들의 마음 행로 여정은
소리 없는 응원의 함성으로
또는 의식처럼 행하는 일상의 소소한 리추얼로
오늘도 이곳의 아침을 지키고 있다

비록 현재의 삶이
팍팍하고 미래가 불투명해도
이곳의 건강한 삶은
실존적 감동의 빛을 발한다

힘들었지만
그때 그 순간의 보석들을 떠올리며
묵묵히 각자의 꿈을 구현해 가는
동네 조기회 회원
바로 우리들 얘기다

인생은 행복 시간의 총량제

나는 오늘
압력밥솥에 남은 식은 밥 한 그릇을
내 손맛이 밴 콩나물국에 말아 먹고
늦은 낮잠을 즐겼다

남은 삶은
아래를 향하며

그 아래에도 온기가 있고
작은 은총이 있음을 알기에
타인의 스코어보드에 침묵하며
고개를 돌린다

불평과 불만은 결코
내 삶의 비옥한 비료가 되지 못하니
마음속 행복의 자가발전 뿌리는
일상의 소소한 감사로 기른다

걸어갈 수 있는 건각의 다리가 있고
아프지 않은 하루가 있으며
가족과 함께 웃을 수 있는
별밤이 있지 않는가

유리 벽 병실의 이들을 떠올릴 때
수마가 남기고 간
상흔의 눈빛을 떠올릴 때
나는 더 이상
내 삶의 그물망을 탓할 수 없다

인생은 결국
애초에 리허설이 없는 본 공연의
사소한 빛들이 모여 흘러간
행복의 총량이기 때문이다

나도 한때는 '영식님'이었다

집에서 한 끼 먹는 남편을
세상 사람들이 '일식 씨'–食氏 라고 존칭할 때
두 끼나 먹는 '두식이'를 이해하는 데는
꽤 많은 시간이 필요했다

그러나 세 끼를 다 챙겨 먹는
'삼식이놈'은 상상도 못 했는데
사람 팔자 모른다더니 지금 내가 삼시 세끼를
휴대폰 통신비 내듯 꼬박꼬박 다 챙겨 '처먹고' 있는 거다

백수가 과로사한다더니
어느 때는 간식까지 손을 뻗치는 내 그림자를 발견하고
나도 흠칫 놀란다.
어느새 나는 '사식四食이 잡놈'으로 전락한 것이다

월급 따박따박 들어오는 회사 다닐 때도
직장 때려치우고 독립 사업체를 운영할 때도
적어도 집밥 문화는 나에겐 생소한 '영식零食 님'이었다

그런 '존경받던 영식님'이 어느 순간부터
눈만 뜨면 아침 밥상에 달려들고
잠깐 댕댕이 산책하고 나면 점심 먹을 생각이나 하고

책 보고 글 쓰고 어~어~하다가
저녁 식탁까지 탐하니
누가 우리 국민의 쌀 소비가 격감했다고 우려했는가

허허로운 시간의 밑바닥에서
내가 지금 뭐 하나 스캔해 보면
밥 먹는 중이거나 아니면 설거지 중이다

황금색 낙엽들이 내려앉는 만추의 절정에서
유채화 같은 오후 시간을
희미하게 파닥이는 내 그림자로 체크인한다

부처님 오신 날

석양이 서향을
마법처럼 물들이기 시작하면

세상은 황금빛으로 갈아입는
야외 특설 패션쇼가 되고

소공녀 같은 매봉산은
'천경자' 같은 진한 숲 향기로
멀쩡한 내 후각을 마비시킨다

5월의 한줄기 비 세례를 포식한
푸른 공간에 존재하는 것만으로도

나는 공중 부양된 초인이 되어
펄펄 살아 있음의 전율을 느낀다
그래서 더욱 상큼하다

부처님의 자비가 현현하는 5월
인자하고 따스했던
생전 엄마의 무한 자비가 밀려온다

천상의 달필 엄마 '서림당'은
이 순간도 아들 생각으로
생생하게 윤회하고 계실지니

진흙에 물들지 아니하고
정갈하게 나부끼는 저 연꽃이

욕망에 오염되지 않은
생전의 울 엄마를 보는 것 같다

작은 일상의 보석

푸르름 짙게 물든
대자연의 녹음과 함께
맛이 익어가는 콩국수 계절이 다가왔다

하얀 우유 한 잔에 계란프라이 두 개
하루를 시작하는
아침의 식사 통과 의례다

담백한 음식이 몸에 좋듯
질박한 일상이야말로 내 삶의 근본

평생 먹는 쌀밥이
질리지 않는 것은
밥이 무색무취하기 때문이라고 하지 않던가

세상의 하중을 떠받치는 멍울진 가슴
서로 어부바하며
가까운 지인과 먹으며 웃는 일상이 모여

충만한 삶을 이루나니

우리 삶에서 진정 찬연한 것은
바로 작고 미미한 일상의 조각들의
집합체가 아니겠는가

숲의 초록 물감을 덕지덕지 바른 바람이
내 뺨을 스치는 오늘도

나는 내 미각에 새겨진
맛있는 먹거리 사러
70년 전통의 도곡 재래시장에 간다

날로 튼실해지는
내 뱃살의 7할은
이 재래시장 먹거리 때문이다

부부로 산다는 것

서로를 향한 빛나는 별은

가을 하늘의 성좌가 되어

서로의 궤적을 한땀 한땀 꿰맞춘다

40여 년 전 9월

사랑의 맹세 문턱을 넘은 뒤

두 별은 망망대해의 선객이 되어

예고 없는 풍파와 대양의 검푸른 무게를 감당한다

서로는 짙은 심연에

은은한 조도의 불을 켜기도 하고

때로는 말로 수류탄을 던지며

음영의 등을 돌리기도 하지만

끝내는 하나의 키를 잡고 같은 물결을 건넌다

무심한 세월은 살결과 마음을 삭여

주름의 해도海圖를 빚고

황혼의 석양은
귀향의 황금로를 비춘다

어쩌면 부부란
결국 서로의 어깨에 의탁한 닻이 되고
칠흑 같은 어둠 속에서도
서로의 빛의 항구가 되며

두 마음을 씻기는
정화수가 되어
귀향할 별자리를 발견하는 일인지도 모르겠다

가을이 익어가는 안방에서
유튜브를 품고 낄낄대는 아내가
새삼 가까이 다가오는
토요일 만추의 오후다